KB130827

풀꽃, 참 예쁘다

풀꽃, 참 예쁘다

—

초판1쇄 2019년 4월 26일
지은이 이숙자
펴낸이 김영재
펴낸곳 책만드는집

—

주소 서울 마포구 양화로3길 99, 4층(04022)
전화 3142-1585·6
팩스 336-8908
전자우편 chaekjip@naver.com
출판등록 1994년 1월 13일 제10-927호

—

ISBN 978-89-7944-687-6 (04810)
ISBN 978-89-7944-354-7 (세트)

책 만 드 는 집 시 인 선 121

풀꽃, 참 예쁘다

이숙자 시조집

책만드는집

| 추천의 글 |

최순향 《시조생활》 주간 · 세계전통시인협회 한국본부 부이사장

《시조생활》 신인문학상을 통해 등단한 월정月井 이숙자 시인이 희수喜壽를 맞이하여 제2시집을 상재한다. 『풀꽃, 참 예쁘다』. 제1시집 『발가락의 무게만큼 고왔지』 출간 이후 7년 만이다. 진심으로 축하드린다.

월정과는 20여 년을 시조의 문우로 가까이 지내온 사이이다.

월정 시인은 요즘 보기 드문 시인이다.

시집의 제목처럼 풀꽃같이 아름다운 시인이다.

입으로 고백하지 않아도 진정한 크리스천의 향기가 나는 시인이다.

살아온 여정이 그리 녹록지 않은데도 늘 밝게 웃는 얼굴이다. 그의 옆에 있으면 왠지 마음이 평화로워지고 삶의 구김살이 곱게 펴지는 느낌이 든다.

사람과 신앙과 시가 둘이나 셋이 아니고 하나인 사람이다.

그래서인지 그의 시에서는 향기가 나고 감동이 오래간다.

공무원 생활을 거쳐 오랜 세월 교직에 몸담았던 월정은 자신의 주변과 내면 성찰에서 오는 크고 작은 이야기들을 단아한 작품들로 곱게 풀어내고 있다. 월정 시인은 지나친 기교나 감정의 남발, 혹은 과장된 호들갑 없이 편안한 일상어로 깊이 있는 철학을 노래할 줄 안다.

그의 시를 읽으면 일상에서 상처 나고 지친 감정들이 위로받고 치유되는 느낌이 든다. 이것은 월정 시인이 머리가 아닌 가슴으로 시를 쓰기 때문이라 생각한다. 리듬이 편안하고 시조의 운율에 푹 젖어 읽히는 것 또한 시인의 저력이리라.

월정은 지극히 작은 것에서 큰 우주의 섭리를 알아차리는 지혜를 가진 사람이다.

몇 작품을 살펴본다.

그것은 톱니바퀴
엇갈리는 울림이야

헤아리는 그 마음은
높고 낮은 음 자리

곰삭은

내리사랑은
잘 뽑아낸 시 한 수다
–「사랑은」 전문

월정 시인의 사랑은 잘 맞물려 돌아가는 톱니바퀴이고, 상황에 따라 상대를 위해 높게도 낮게도 처할 줄 아는 배려와 화음이고, 긴 세월 인내하며 삭히고 발효시켜 만들어낸 시 한 수라고 말한다. 종장의 비유가 절묘하다. 시인들이 가지는 시에 대한 사랑과 좋은 작품을 위한 고뇌와 전전반측의 몸부림과 희열을 내리사랑에 비유한 발상이 참신하다.

좋은 시를 쓰기 위해서 시인은 귀를 열고 영혼을 맑혀 자연의 노래, 천뢰악天籟樂을 들을 수 있는 가장 천연天然스러운 마음이 되어야 한다. 시조시인은 45자 내외의 글자를 가지고 온 우주를 노래할 수 있어야 하고, 지극히 작디작은 풀꽃의 이야기도 귀 기울여 듣고 시조 운율에 맞게 풀어낼 수 있어야 한다.
이숙자 시인의 시를 읽다 보면 이런 마음이 짚이는 부분이 많다.

목 축일 물 한 방울
뿌리 내릴 틈도 없이

보는 이 뜸해도
제멋에 쑥쑥 자라

세상일
넌지시 보며
부지런히 벙그네
—「달맞이꽃」 전문

척박한 토양에서 아무도 알아주지 않지만 홀로 벙그는 달맞이꽃을 보며 자연의 섭리를 찾고 있다. 거대 담론의 철학이나 우리 삶의 스승이 동떨어진 곳에 고고히 있는 것이 아니고 여리디여린 식물의 짧은 삶에서도 찾을 수 있다는 걸 이 시인은 노래하고 있다.

건물 저편 외진 뜨락
하얀 꽃 허술하다

곁눈 마냥 그리다가
키 돋우는 꽃, 꽃잎

살가운
손길 바라며

다소곳이 내게 온다
—「찔레꽃 2」 전문

꽃이 외로워서 사람에게 다가온다는 설정이다. 우리는 외로울 때 꽃에서 위로를 받는다. 꽃이 사람 쪽으로 가지를 내밀며 자라는 것은 아마 꽃 역시 외로워서 그럴 거라고 노래한다. 외로울 때 인간보다는 꽃에서 위로를 받아본 사람의 노래이다.

주체 못 할 미세먼지
사위 온통 뿌옇다

뭉크의 절규인가
헝클어진 실타래들

밤 기차
소리쳐 울며
어디론가 내닫는다
—「힘든 날」 전문

늘 환한 얼굴로 웃는 월정 시인도 실상은 힘들 때가 많았으리라. 홀로 감당해야 할 삶의 무게가 헝클어진 실타래로 얽혀 있을 때 밤 기차처럼 울며 내닫고 싶다고 자신의 내면을 표현

하고 있다. 이미지를 위해 적절한 상관물을 차용할 줄 아는 월정의 저력을 본다.

또한 월정은 나라 사랑이 지극한 사람이다. 시의 제목에서 보듯 「한반도 통일 숲」「독도 뱃전에서」「동피랑길에서」「통일, 그날」 등에서 숲을 해설하며 나라 사랑을 표출하고, 통일의 그날을 꿈꾸고 있다. 그런가 하면 「들판엔 개망초가」「군중」 등에서는 오늘날 우리나라의 사회적 현실을 보며 우려와 안타까운 마음을 풀어내고 있다.

주변에 피어 있는 온갖 종류의 꽃과 인연 들을 노래하던 월정이 지나온 세월을 뒤돌아보며 자신의 내면을 고백하는 시조 한 수, 「내 하늘도 곱다」를 소개하며 이 글을 마칠까 한다.

검불덤불
살아온
가뭇한 지난날들

용마루
끝자락엔
산 그림자 길게 눕네

하늘이

맑게 웃는다

내 하늘도 곱디곱다

–「내 하늘도 곱다」 전문

70여 년의 삶을 돌아보며 이와 같이 노래할 수 있다면 그 삶은 참으로 아름다운 삶이었다고 생각한다. 힘들고 아팠던 일들까지도 고운 무늬로 승화시켜 "내 하늘도 곱디곱다"라고 노래하는 월정 이숙자 시인, 그의 앞날에 하나님의 살피심이 늘 함께하시기를 기도하며 문운 더욱 왕성하시기를 빈다.

| 시인의 말 |

돌아보면 참 많은 일들 속에서도
언뜻 기억나는 하나를 찾을 수 없음은
잊으며 살라 하는 하늘의 뜻이리라.

그래도 시조를 만난 것은 나에게
꿈같은 추억이며, 하나의 일정표이며, 일상의 소일거리로
들판에 소소하게 피어 있는 풀꽃 같았다.

이제 저 골짜기 풀섶에
고만고만하게 함초롬히 피어 있는 고마리꽃같이
가만히 들여다보면 들여다볼수록 영롱한
그런 시 한 편 만나기를 소망하며

조심스레 봄의 미소를 기다린다.

2019년 4월 봄 햇살 속에서
月井 이숙자

| 차례 |

1부 노을에 물든 산국

2부 기다리는 마음

3부 풀꽃, 예쁘다

4부 목련꽃 밤은 깊다

5부 살며 노래하며

1부

노을에 물든 산국

사랑은

그것은 톱니바퀴
엇갈리는 울림이야

헤아리는 그 마음은
높고 낮은 음 자리

곰삭은
내리사랑은
잘 뽑아낸 시 한 수다

봄

꽃비 속 야속한 봄
문득 왔다 가버린다

심란토록 화사했지
눈에 아려 서러웠지

미련만
흠뻑 쏟아놓고
시침 떼듯 가는 봄

세월

갈대숲 버석이며
제풀에 숨어 우네

세월을 어찌 탓하랴
흐르는 강인 것을

늦가을
찬 바람 한 줄기
여윈 등을 후려친다

독도 뱃전에서

큰 물 동해 과묵하다 천지를 뒤엎을 듯

유람선 물길 따라 날고 나는 갈매기들

온종일
윤슬 빛나네
재잘대는 햇살 받아

하늘 문 열어젖혀 깊은 뜻 듣고 싶어

속 뜰에 감추어진 진실을 밝혀내려

독도는
울부짖는다
웅비하는 혼불이다

작은 화단

화사하게 빛나는 봄 불현듯 찾아와
요것조것 꽃모종 베란다가 비좁네
흐뭇해
고운 미소로
세상을 다 품은 듯

괭이밥, 제비꽃에 실려 온 봄소식들
시샘하며 피워대는 꽃잎들의 속삭임
넘칠 듯
뿌듯한 가슴
겹겹 꽃물 들었지

아슬한 삶의 무게 가파른 내리막에
더러는 생채기가 굳은살로 못 박여도
임의 손
꼭 잡고 가리라
내 뜨락에 물 주듯이

불영계곡

천등산
돌아나니
선돌 하나 솟아 있다

한가로운
산새들
우짖으며 넘나들고

구름도
몰려가는 곳
예로구나 하늘 낙원

그곳에 가면

– 정지용문학관에 다녀오며

비알밭 흙에 묻혀 지문 잃고 무뎌진 손
외로움도 철이 들어 익숙해진 발끝 따라
물안개
잦아드는 곳
아련하다, 그 골짜기

처마 밑 나리 꽃술 잡초 속에 영롱하고
휘모리로 도는 소리 실개천의 돌림노래
봉숭아
수줍게 웃네
차마 말을 잊었네

복수초

우주 속의 숨결을 다듬고 또 보듬어
묵묵한 채 우뚝 선 아름드리 적송 둘레

차분한
네 삶의 터가
울림 속에 적막하다

꽁꽁 언 골짜기 얼음 구멍 사이사이
저 오만한 겨울은 봄 맞으러 마냥 가고

복수초
노오란 곁으로
한 줄기 바람 인다

소식

밖이 저리 소란하니
무슨 일이 난 게야

조급증에 빠끔히
문을 살짝 열고 보니

아무 일
없었다는 듯
홍매화가 쌩끗 웃네

회상 속으로

청랑한 물소리는 메아리 메아리로
안개 덮인 골짜기엔 독경 소리 낭랑한데
어디서
은은한 세레나데
가슴이 먹먹하다

볕뉘 사이 옥빛 하늘 흐느끼는 갈매잎들
꿈을 엮던 소녀는 들꽃인 듯 수줍었지
꽃무릇
꽃무릇 같은
너와 나의 만남이여

고요

파도치는 그리움 속 열대야는 지글대고
빌딩 숲 그 옛길은 졸음에 겨워 있고
만국기
펄럭이면서
전설인 양 너는 오네

먼 하늘 구름 속에 한 줌 고요 스며든다
호숫가 찰랑대는 수면에도 잠시 들러
우리네
사는 이야기
내려놓고 가려무나

동피랑길*에서

얌심맞은 봄비가
이랬다저랬다

앙증맞은 제비꽃이
절로 환한 이 피랑길

어디서 들려오는지
골물 소리 돌돌댄다

* 경남 통영시 벽화마을의 좁은 골목길. '동쪽 비탈'이란 뜻.

접시꽃

무에 그리 궁금한지 안간힘 속 꽃대 하나
담장 너머 새 소식을 목 늘여 기웃대네
무더위
마른장마 속
견뎌냄이 기적이다

붉디붉게 물들어 저렇게 의젓하려
얼마나 연단했나 지난한 긴긴 시간
애잔히
절절한 사랑
하늘빛을 닮았네

순천만 갈대밭

바람 아우르며
출렁이는 녹색 물결

그 속 뜰 그 깊이를
그 누가 알 수 있나

갈맷빛
저 갈대숲의
흐느끼는 숨소리

노을에 물든 산국

화려한 고독이
저리 고와 더 서러운

샛노란 산국이
풀섶에 만발했네

기나긴
몸부림 속에
꽃잎 닮은 노을 한쪽

바람아, 쉬어 가렴

먼 산허리 둘린 안개 가슴에 차가워도
추억의 손짓 있어 나 여기 머무네
깊은 늪
고요한 수면에
낙엽 한 잎 떠간다

마알간 햇살 아래 가슴 찡한 그런 날에
부시던 웃음 하나 꿈결이듯 아련하다
이 가을
사랑하고파
네게 흠뻑 젖고파

낙화

오달지게 내린 비에
여린 꽃잎 몸살 났네

어렵다, 아니 된다
앞섶 단단 여미더니

어느새
망설임 없이
낙하한다, 나비 나비

한반도 통일 숲

해송으로 솟았다네
못내 그리다가

불그레 물든 바다 어울리는 저 하늘

아득히
멀기도 멀다
사람이 그리운 섬

자욱해진 물안개
솔바람이 어린다

외로움을 보태주는 야윈 저 파도 소리

어쩔 수
어쩔 수 없어
섬으로나 하나 된다

2부

기다리는 마음

사념, 하나

흰 구름 모래사장
펼쳐진 풍광 속에

사랑하고 부딪치며
못 다 채워 노여웁고

삶이란
한순간 스러질
아침 이슬 같은 거지

기다리는 마음

물비늘 반짝이는
강물 저 너머로

해넘이 지친 햇살 내일을 기약한다

노을빛
늘어지는데
몰려오는 그리움

말간 풍선 그 속살
어둠 더 환해진다

기억 속 잔상 하나 하늘 끝에 어른대네

귀 열어
두 손 모으면
행여 날빛 들려나

커피 마시고 싶다

구름 뜨즉한데
바람이 살랑 분다

느티나무 그늘 밑
그리운 고향 언덕

번지는
커피의 향이
유년을 불러온다

핏줄

거절 못 할 섭리라
안으로만 굽는다지

먼 하늘 구름 한 점
노을 속에 비켜두고

비우려
비우려 해도
되새김만 속절없다

어느 날엔가

이별은 야속하게 곁하면서 맴도는데
그래도 놓지 못할 그리움은 미련인걸

아직은
눈빛 맞추며
나누고픈 이야기들

살가운 속삭임을 들을 수만 있다면
긴 여정 끝자락엔 맞아줄 그대 있어

정말로
행복할 거야
해넘이 저만치에

찰나의 미학

살아생전 그리움
늙은 부모 몫이요

죽어 그 뒤 그리움은
철든 자식 몫이란다

나른히
젖어드는 세월
새새틈틈 아쉬워

통일, 그날

눈바람
아니어도
얼어붙은 세밑 거리

분단의
저 골짜기
장구한 굴레 벗고

이제는
배달의 겨레
하나 됨을 보았으면

해거름

소한 대한 즈음에 황사비는 내리고
잿빛 하늘 우산 속이 이리도 썰렁하다
떠나는
아쉬움 속에
또 한 해가 열린다

흐벅지던 벚꽃 길엔 소복소복 눈 쌓이고
진초록 기억들은 종이학 한 마린 듯
해거름
바람 지나고
잔기침만 도진다

병상에서

링거 방울 뚜욱 뚝
무중력의 병상 머리

창밖엔 파란 하늘
부신 햇살 꿈결 같다

시간이
멈춰버린 듯
이 하루는 질기다

왜 이리도

나른한
봄날 오후
산허리엔 아지랑이

호반에
여울지는
쓸쓸함은 사랑이다

텃밭에
봄 햇살 한 줌
해 질 녘의 그리움

그래도

아련한 임의 초상 애틋하여 초라한 날
하현달 별빛만큼 가슴앓이 깊어가도
알 싸 히
목이 메인다
회한으로 아프다

주룩주룩 비는 내려 고요를 삼키려네
임의 시름 스윽 베어 나눠 질 수 있다면
소쿠리
냄새 빠지듯
그랬으면 좋겠다

이제서야

분별없이
녹아든
자아의 굴레 속에

한 개 남은
화살 쏘듯
결기 세운 아집으로

석양을
짊어지고야
네 미소도 고와라

투명인간

밀어도 털어내도 스스로는 어찌 못 해
무리 속에 얼버무려 허물어진 중심은
두둥실
구름에 얹혀
석양을 넘는다

모진 날들 텃밭은 햇살보다 따스하고
좋다 싫다 모두 다 허허로운 일이지만
파랑새
쪽빛 하늘에서
내 여일을 노래한다

들판엔 개망초가

고향 모를 개망초가 내 들판을 차지하듯
잘못을 인정 않는
서슬 퍼런 망나니들

염치 다 팽개쳐 버린
막무가내 오판 사랑

어이하랴 가야 할 구만리 머나먼 길
만년 옥새 보존할
참주인은 누구일까

뽑아도 뽑아지지 않는
얽힌 이념 저 쇠사슬

어느 날

울도 웃도 할 수 없는 무덤 속 하루 같다
어지러운 이 마음 온통 다 엉망인 채
저 높이
파란 하늘에
기억 하나 날린다

이리저리 둘러봐도 머릿속은 텅 비었네
하늘 길 반짝 열려 시야 잠깐 눈부신데
저 눈밭
끝자락에서
종소리만 아련하다

군중

밤낮이 뒤바뀐들
뭐가 그리 달라질까

한순간 포효하는
맹수들의 광란일 뿐

누구를
원망하리까
모두 눈먼 내 탓이지

내 하늘도 곱다

검불덤불
살아온
가뭇한 지난날들

용마루
끝자락엔
산 그림자 길게 눕네

하늘이
맑게 웃는다
내 하늘도 곱디곱다

3부

풀꽃, 예쁘다

고마리꽃

고만고만 앉아 있네
청초하게 앙증맞게

물기 잔뜩 머금고
톡 치면 터질 듯이

우주를
품어 안았네
꼿꼿 세운 저 의지로

오월 그 녹차밭

누르면 파란 물이 또르륵 떨어질 듯
구름 한 점 볼 수 없다
면경 같은 하늘엔

청량한
녹차밭에서
머뭇대다 멈춘 시간

해넘이 어둑해도 잔광이 더욱 고와
색과 선 화합하여
그려놓은 수채화

어린 날
풋풋함 같다
오월의 이 녹차밭

반란

잘못 알고 찾아온
번지 잃은 봄 날씨에

어제는 실성한 듯
꽃망울 터치더니

오늘은
난분분 난분분
꽃비 되어 내리네

산수유 피는 마을

봄 향기 맞으려고
찾아든 이 오솔길

콧노래 부르면서
솔숲 온기 느끼다가

불현듯
머물고 싶어지네
노란 꽃 이 마을에

서양 민들레

잔디 틈에 노랗게 아글바글 둥지 틀고
이른 봄 찬 바람에 납작이 몸 낮추어
고 작은
동그라미 속에
천지를 다 품었네

우주 닮은 꽃대라고 우쭐대며 꼿꼿 세워
바람에 씨앗 얹어 멀리만 향하더니
주눅 든
입양아 소식에
가슴 한켠 찡하다

어느 빈 날

하늘 이리 맑은 날엔
바람도 그림 같다

비구름 몰아치면
우르르 다 우르르

한 치 앞
가늠 못 하는
바람꽃 널 어이하랴

상사화

마른 잎 축 늘어져
숨 고르는 고요 속에

고운 꿈 맺힌 자리
그 모두를 어쩌라고

휘영청
하얀 달빛에
그리움만 낭자하다

노란 코스모스

눈보라
비바람 속
지난한 긴 여정을

얼마나
참고 참아
꽃잎 이리 고울까

노오란
네 머리 위에
고추짱아 앉았네

찔레꽃 추억

내리쏟는 한낮 땡볕 감자밭 그늘에서
검불 사이 찔레 줄기 벗겨주신 어머니 손
달콤한
그 살 내음에
스르르 잠들었지

뒷동산 능선 너머 그윽한 자리 자리
구름에 실려 오는 풋풋한 풀 내음이
갈증 속
유년의 향수
내 오월을 부추긴다

찔레꽃 2

건물 저편 외진 뜨락
하얀 꽃 허술하다

곁눈 마냥 그리다가
키 돋우는 꽃, 꽃잎

살가운
손길 바라며
다소곳이 내게 온다

풀꽃 노래

밤 내내 칠흑 속을
추적추적 비 내린다

해맑은 별살 받아
우우대는 풀꽃들

하늘빛
닮아 있구나
청량한 풀꽃 노래

청매실을 담그며

오동통 푸르청청
오지게도 실한 살빛

이른 봄엔 꽃 소식
화사함을 뽐내더니

익어도
익어도 푸른
청매실 으뜸이라

토끼풀꽃

지천으로 피었네 푸르름 속 하얀 송이
반기는 이 없어도 도도히 튀어 올라
온 들판
흐드러졌네
수줍은 듯 의젓하다

곱던 미소 그 동무 어느 하늘 아래 있나
풀꽃 반지 나눠 끼고 깍지를 걸었었지
내 잠시
발길 멈춘 채
풀밭에서 너를 본다

작은 풀꽃

손길 뜸해 수북한 잡초 틈을 비집고
고향 집 뒤란엔 이슬 맺힌 풀꽃들
아무도
보는 이 없다
저 홀로 도도하다

숱한 날을 피고 지며 얼마나 외로웠나
까르르 웃음소리 아직은 쟁쟁한데
그 기억
지울 수 없어
차라리 하늘 본다

희망사항

능소화 흐벅지게
뜰 가득 늘어졌다

어두운 민심 속에
메르스MERS만 탓하겠나

새 물내
뽀송한 손맛
그런 날도 오겠지

달맞이꽃

목 축일 물 한 방울
뿌리 내릴 틈도 없이

보는 이 뜸해도
제멋에 쑥쑥 자라

세상일
넌지시 보며
부지런히 벙그네

꽃무릇

살랑이는 바람 사이
불쑥하고 솟아올라

안개 속에 널어놓은
멀미 같은 기다림이

단 한 올
속눈썹 닮은
초승달로 떠오른다

4부

목련꽃 밤은 깊다

아, 목련

숫눈을 밟아가며
지난겨울 견뎌낸

우리들 긴 사연을
목련으로 피웠네

봄 햇살
눈웃음 속에
아려하다, 그 맵시

벚꽃 아래서

구름처럼 밀려오네
절로 절로 떠밀리네

인파에 홀렸나 봐
팝콘처럼 터지네

내 꿈속
신기루 같은
지난 미련 실없어라

숲의 찬가

쉼 없이 사랑하고
침묵으로 항변하고

스스로를 거두려는
새 생명의 드라마

차안此岸의
너 녹색 현자
대자연의 어머니다

겨울 들녘

앙상한
꽃대 끝에
씨앗 한 알 설익었네

향기도
얼어붙고
호흡까지 가쁜데

눈 쌓인
고개 너머로
임자 없는 바람 인다

봄날

황홀하던 찰나에도
느실난실 꽃은 지고

법석대는 미세먼지
풍경화에 얼룩진다

어린 날
철없던 기약
아, 봄날은 또 간다

내 안의 짝사랑

온 들판 봄 타령에 풀꽃들은 몸살한다
달래강 그 언저리 진달래도 한창인데

반백 년
훌쩍 넘어도
기웃댄다 그 옛길

눈 감아도 아른대는 앳된 날의 기억 저편
꿈결에나 만나보는 단발머리 소꿉친구

그리다
생각해보니
짝사랑 이었나 봐

아직은

귓가에 바람 소리
성가시게 오는 밤에

등골까지 서늘해져
뒤척이다 눈을 뜨니

어쩌나
봄 벌써 가고 있네
나는 아직 꿈속인데

화전火田의 봄

나목에 검은 비닐
깃발인 양 펄럭이며

천둥으로 바람으로
온종일 칭얼대도

돌멩이
가려내는 손길
애잦는 줄 모른다

초여름 밤

초여름 밤 깊은데
어둠은 빗발 같다

샛별처럼 반가운 이
반딧불로 오시려나

풀벌레
우는 소리에
열나흘 밤 지샌다

장마 그 뒤

폭우 속 휩쓸려 와
널브러진 가재도구

설움을 부추기는
고추짱아 춤사위 속

무지개
걸쳐놓은 건
시침 뚝 뗀 노을이다

가을 엽서

회오리 바람 따라
낙엽이 쓸려 간다

우듬지에 햇살 널고
가을은 저무는데

소식을
보낼 수 없어
오늘도 또 쌓인다

꽃길

하늘 가득
낭창대는
저 들녘 코스모스

살짝 이는
갈바람에
너울대는 꽃 무지개

나그네
먼산바라기
저 뒷모습 측은하다

가을

발길조차 뜸하다
어스름 해 질 녘에

차가운 비 퍼부어
이 거리는 더 적막해

철부지
몽니만 부리다
아직 못 푼 숙제 하나

가을 노을공원

짬짬이 오르내린
하늘 닿은 쉼터에는

찬란하던 푸르름은
하늘빛에 젖어들고

허공엔
서늘한 바람이
묵언으로 반긴다

술 익는 겨울밤

시루 속 깊숙이엔 고슬고슬 고두밥
약초 누룩 어우러져 사락사락 철이 드네
항아리
고운 숨결은
어머니의 숨소리

걷잡을 수 없는 세월 뉘엿뉘엿 황혼 녘에
에움길 돌아보니 애잔한 그리움들
고향 집
술 익는 소리만
멀리서 들려온다

5부

살며 노래하며

오늘도

일상은
섭리인 양
초침으로 열리는데

먹먹해진
가슴인 채
처진 어깨 추스른다

종일終日을
하늘 맑더니
어느새 날 저무네

살다 보면

하늘의 뜻을 살려 태초의 길을 열듯
천지간 지친 날에 한 폭 소망 걸어놓고
황금 길
아니라 해도
고집스레 헤쳐 간다

까치밥 홍시 같은 거역 못 할 인연들이
억새꽃 바람 사이 찬찬히 스며드는
삶이란
그런 거라지
살다 보면 구수한 맛

저 너머 어디선가 산비둘기 구성지다
청빈한 날 저물기 전 꿈 하나 이루려네
종내는
오고 말거야
달그림자 앞세우고

추억

시간 저편 소식들 그 모두를 간직한 채
이력처럼 삶의 흔적 고스란히 담겨 있는
고향 역
산자락 그쯤에
그림같이 앉아 있다

구구구 산비둘기 넘나드는 산비알에
아직은 소꿉친구 그 자리에 있는 듯해
적막을
달래가면서
하나 둘씩 불러본다

너, 눈

겨울 아직 멀었는데
기별 같은
눈이 온다

첫사랑 미련이듯
묻어둔 밀어들이

아련한
그리움으로
허공을 맴돈다

어쩔거나

어둠이 몰려와도 그 속내를 몰랐네요
하늘 같은 품이라고 철석같이 믿었기에
내일은
오늘보다 좋은
꼭 그런 날 오겠지

나 이리 허전함은 달빛 환한 까닭이지
설마 하던 미련함 차마 빛을 가릴 줄야
하느님
염원하신 이 땅
오늘 여기 비추소서

무상 2

무얼 또
어찌하려
썰렁한 바람인가

뚝심 속
오만하게
구질한 나날들

웃으렴
그냥 허허허
지는 햇살 더 곱단다

몽당연필 같은 고양이

-조석으로 만나는 고양이를 보며

만사가 귀찮은 듯 늙음은 못 속인다
늘어진 저 고양이 눈치만 백 단이네
겨움을
숨기려 하듯
눈빛 저리 애잔하다

한때는 배불뚝이 그래도 날렵했지
주렁주렁 식솔들 억척스레 챙기더니
뿔뿔이
다 떠난 자리
휑한 바람 한 줄기

이명

못다 한
생의 미련
어찌 그리 절절해

흩날리는
눈발 사이
매미 울음 심란하다

내 삶의
조각조각들
귀울음 속 녹아든다

수능 앞둔 손주 보며

홀로 서성이다 제풀에 지친 가을
수첩 한켠 간직한 앞니 빠진 손주 사진
혼잣말 홀로 들으며
절로 터진 헛웃음

어느새 훌쩍 자라 제 갈 길 열어가는
밤낮을 촉수 세워 기계처럼 보내더니
보는 눈 가슴 아리어
그저 두 손 모읍니다

임이여 품어주소서 도구로 쓰일 날
독수리 날개 치듯 그런 날 주시어서
긴하게 쓰시옵소서
세우소서 큰 그릇

순간 포착

혼을 듬뿍
쏟아내어
역할에 올인한다

과장 속에
억지 속에
나 아닌 타인의 삶

독수리
눈빛만 같다
렌즈 속 순간 포착

영의 골짝 예수원

해묵은 갈대 지붕 고풍스러운 유럽인 듯
낙엽송 지는 언덕 한참을 돌아들면
파란 눈
대천덕 신부
그 안목이 보이네

오밀조밀 돌과 흙 손때 묻은 자리 자리
자갈밭 배추밭 머리 코끝이 싸해온다
몇 포기
남은 푸성귀
겉절이 맛 기가 차다

합심하여 선을 이룬 싱그러운 내음 속에
경건이 스며나는 침묵 속의 젊음들
천사들
천사들이 모인
하늘 아래 첫 동네

힘든 날

주체 못 할 미세먼지
사위 온통 뿌옇다

뭉크의 절규인가
헝클어진 실타래들

밤 기차
소리쳐 울며
어디론가 내달는다

쿠마리 신

-네팔의 어린 소녀 여신

종교의 굴레 속에 영문 모를 신이 되어
기계 속 쳇바퀴 돌듯 조각 같은 인형의 삶
구속된
삶을 보았다
표정 없는 꼬마 여신

운명이라 이름하자 그 아기 쿠마리 신
홍연紅鉛을 지나서야 부모 품에 안겨지는
관광객
합장 소원에도
미소 잊은 소녀야

알람브라궁전에서

쭉쭉 뻗은 가로수 길목은 비에 젖어
점, 선, 면이 어우러진 자연의 조화 속에

그 옛날
아랍인 숨결
가슴 쓸어내렸다

뜨락엔 세레나데 은은히 흐르고
타레가*의 아픈 사랑 전율로 다가온다

찻잔 속
임의 얼굴이
일렁이다 흐려지다

* 〈알람브라궁전의 추억〉의 작곡가이자 기타 연주가. 제자인 콘차 부인을 사랑했지만 거절당했다.

편지

왕버들 잎새 위로 실바람도 잔잔한 날
고요에 잠긴 호수 동동 떴네 어리연꽃

저 멀리
해오라기 한 쌍
한가로이 지지댄다

그 많은 이야기들 쪼아대며 보낸 시간
분주한 일상 속에 눌려 눌려 하얀 여백

채워도
채워지지 않는
쓰다 멈춘 그림들

중세 속의 나

–포르투갈, 계곡의 진주 오비두스 마을에서

낡은 골목길에 오밀조밀 꾸며진
담장에 달라붙은 납작 눌린 나무들
펼쳐진
파스텔화는
눈에 드는 그림이다

작디작은 진열품들 소꿉놀이 하는 듯
손때 묻어 한 번 더 눈길을 멎게 하네
와인은
초콜릿 잔에서
사랑스레 찰랑인다

내 무게 네 무게로 내려앉은 어깨 어깨
예 와서 다 내려놓고 잠시만 살고파라
성벽에
겹겹이 둘린
중세를 걸어본다

| 해설 |

풀꽃에서 노을까지 또는 그리움의 서정시학

김봉군 문학평론가 · 시조시인 · 가톨릭대학교 명예교수

1. 여는 말

서정시는 인간 체험이 예각적으로 표출된 문학 양식이다. 그래서 서정시는 짧다. 짧기로 치면 시조가 맨 앞자리에 놓인다. 요사이 자유시단에서 짧은 시 운동이 전개되고 있다. 촌철살인식 담론을 초점화한 '극서정시' 쓰기를 실천에 옮기고 있다. 서울시인협회의 문예지 《시see》가 이에 앞장섰다. 시조를 닮아간다. 자연스러운 일이다.

시조는 절제 지향의 구심력과 자유 지향의 원심력이 조성하는 에너지의 경계선에 자리한다. 요컨대 절제된 자유를 누리는 것이 시조다. 시조는 이 절제된 자유로써, 여느 정형시定型詩를 향한 '언어의 감옥'이란 지적에서 사뭇 자유롭다.

월정月井 이숙자李淑子의 시조는 절제된 자유의 어조를 가늠하며 서정시학의 그리운 오솔길을 더위잡고 있다. 월정 시조의 소재는 한갓 풀꽃에서 저녁노을까지 다양하나, 꽃과 계절 곧 자연 만상이 주류다. 서정 미학의 주조主潮는 그리움이다.

월정 시조를 일별한 평설자의 이런 판단이 옳다면, 이 시조들은 전통 서정시학에 접맥되어 있음에 틀림없다. 이제 우리의 관심은 월정 전통시학의 월정다운 개성이다. 소재와 표상, 서정, 주제 등을 중심으로, 월정의 시조를 분석적 관점에서 정독하기로 한다.

2. 월정 서정시학의 전통성과 개성

(1) 소재와 기법

월정 시조의 소재는 자연 쪽에 기울었다. 자연 만상 가운데 아름다움의 대종大宗인 꽃에 사뭇 기울어 있다. 풀꽃, 토끼풀꽃, 어리연꽃, 산수유꽃, 찔레꽃 등 꽃 목록이 무려 스무 가지를 헤아린다.

숱한 날을 피고 지며 얼마나 외로웠나
까르르 웃음소리 아직은 쟁쟁한데

그 기억
지울 수 없어
차라리 하늘 본다

「작은 풀꽃」 제2수다. 고향 집 뒤란의 이슬 맺힌 작은 풀꽃에서 취재했다. 시간 · 공간 좌표에 인간존재의 표상이 오롯하다. 풀꽃은 진행 시제상의 역사적 존재이고, 시적 화자의 시간은 현재다. 현재와 과거와의 대화를 촉발하는 것이 풀꽃이다. 풀꽃으로 인해 과거의 가족, 친인척, 친구, 이웃의 웃음소리가 환기된다. 화자의 개인사가 쟁쟁히 짚인다. 그러나 시간의 불가역성不可逆性 앞에서 화자는 하늘을 본다. 하늘은 초시간적, 절대적 표상이다. "얼마나 외로웠나"의 직설적 서술이 티다.

고만고만 앉아 있네
청초하게 앙증맞게

물기 잔뜩 머금고
톡 치면 터질 듯이

우주를
품어 안았네
꼿꼿 세운 저 의지로

「고마리꽃」이다. 초가을 붉은 고마리꽃이 "톡 치면 터질 듯이" 물기를 잔뜩 머금고 있다. 꼿꼿한 의지의 표상으로 "우주를/ 품어 안았"다. "우주를/ 품어 안았"다는 이 과장의 수사를 고마리꽃은 실히 감당해야 한다. 낯선 고마리꽃의 이런 실상을 체험하는 것은 독자들의 몫이다. 연의 배열 형태가 안정감을 준다.

살랑이는 바람 사이
불쑥하고 솟아올라

안개 속에 널어놓은
멀미 같은 기다림이

단 한 올
속눈썹 닮은
초승달로 떠오른다

「꽃무릇」이다. 여기서 꽃무릇은 기다림의 표상으로, 초승달 이미지다. 두 가지 비유가 동원되었다. "멀미 같은 기다림"은 참신하고 개성적이다. "속눈썹 닮은/ 초승달"은 우리 고전 시어로, 미인 눈썹 '아미蛾眉'를 풀어 쓴 전통미의 표상이다.

우리를 질리게 하는 상투어cliché는 아니다. '보여주기 시학'의 발현이다.

지천으로 피었네 푸르름 속 하얀 송이
반기는 이 없어도 도도히 튀어 올라
온 들판
흐드러졌네
수줍은 듯 의젓하다

곱던 미소 그 동무 어느 하늘 아래 있나
풀꽃 반지 나눠 끼고 깍지를 걸었었지
내 잠시
발길 멈춘 채
풀밭에서 너를 본다

「토끼풀꽃」이다. 배열 형태가 대칭형, 가분수형이다. 시조 두 수의 초·중장 두 줄의 율격은 종종걸음인 양 급박하고, 종장 석 줄은 호흡이 완만하다. 급·급·완의 완급률을 보여준다. 토끼풀은 자연미 그 자체에 머무르지 않고, 친구들과 함께했던 옛일을 환기하는 매개어 구실을 한다. 공간, 시간, 인간의 어우러짐이다. 다만 가분수적 배열 형태가 불안감을 준다는 독자들의 촌평은 어찌할 것인가는 한 과제로 남는다.

숫눈을 밟아가며
지난겨울 견뎌낸

우리들 긴 사연을
목련으로 피웠네

봄 햇살
눈웃음 속에
아려하다, 그 맵시

「아, 목련」이다. 아려雅麗한 목련의 맵시를 찬미했다. 숫눈으로 결백을 표상하며, "우리들 긴 사연"이 봄 햇살 속의 목련으로 피었다. 여기서 목련은 인고忍苦의 정화精華다.

왕버들 잎새 위로 실바람도 잔잔한 날
고요에 잠긴 호수 동동 떴네 어리연꽃

저 멀리
해오라기 한 쌍
한가로이 지지댄다

그 많은 이야기들 쪼아대며 보낸 시간
분주한 일상 속에 눌려 눌려 하얀 여백

채워도
채워지지 않는
쓰다 멈춘 그림들

「편지」다. 상하 대칭형 행과 연 배열이다. "어리연꽃"은 "해오라기"와 함께 이 작품의 지배소支配素, dominant다. 고요한 호수에 뜬 희디흰 어리연꽃과 해오라기 한 쌍이 조성하는 그림 같은 정경이 제시되었다. 일상에 눌려버린 유한有閑의 시공時空, "쓰다 멈춘 그림들", "편지"의 사연이다.

괭이밥, 제비꽃에 실려 온 봄소식들
시샘하며 피워대는 꽃잎들의 속삭임
넘칠 듯
뿌듯한 가슴
겹겹 꽃물 들었지

아슬한 삶의 무게 가파른 내리막에
더러는 생채기가 굳은살로 못 박여도
임의 손

꼭 잡고 가리라
내 뜨락에 물 주듯이

「작은 화단」 제2, 3수다. 이 작품에서 작은 화단은 온 세상을 품은 아름다운 가정이다. "아슬한 삶의 무게 가파른 내리막"과 "생채기"는 간난신고艱難辛苦의 인생사와 가족사의 곡절을 함축한다. 역시 대칭형 배열 형식에 급 · 급 · 완의 완급률로 정서의 흐름을 조율했다. "꽃" 표상이 품은 개인사, 가족사의 완결편이다. "임의 손"은 그 지표다.

초여름 밤 깊은데
어둠은 빗발 같다

샛별처럼 반가운 이
반딧불로 오시려나

풀벌레
우는 소리에
열나흘 밤 지샌다

「초여름 밤」이다. "풀벌레"가 주요 상관물이고, "반딧불"이 비유적 상관물이다. 샛별이 조성하는 비유적 이미지가 빛을

발한다. 행과 연의 배열 형태가 안정감을 준다.

(2) 어조와 서정 미학

어조語調, tone란 소재와 독자에 대한 작가의 태도를 뜻하는 말이다. 서정시의 화자는 어조를 눅여야 한다. 영탄은 최대한 내면화해야 하고, 격정 표출도 삼가야 한다. 흥분과 강개지정慷慨之情을 원색적으로 표출하면, 그것은 사회 · 정치적 목적문학, 선언문이 되고 만다.

월정 시조의 어조는 가만가만하다. 앞에서 본 자연 표상의 여러 시조가 다 그러하다. 이는 월정의 시적 정조情調가 지극히 안정되어 있다는 뜻이다.

화려한 고독이
저리 고와 더 서러운

샛노란 산국이
풀섶에 만발했네

기나긴
몸부림 속에
꽃잎 닮은 노을 한쪽

「노을에 물든 산국」이다. “화려한 고독”, “고와 더 서러운”은 자못 격정을 불러올 법한 상황이다. 모순 어법이라 더 그렇다. “기나긴/ 몸부림”이 함축한 감정의 회오리도 “꽃잎 닮은 노을 한쪽”으로 떠 있다. 시적 평정심이 저리 곱다. 수평적 사념思念들이 수직으로 승화된 정적靜的 표상이다.

파도치는 그리움 속 열대야는 지글대고
빌딩 숲 그 옛길은 졸음에 겨워 있고
만국기
펄럭이면서
전설인 양 너는 오네

먼 하늘 구름 속에 한 줌 고요 스며든다
호숫가 찰랑대는 수면에도 잠시 들러
우리네
사는 이야기
내려놓고 가려무나

「고요」다. 작품의 발단은 “파도치”고 “지글대”는 격렬한 상황이다. 그런 상황의 지평에서 화자의 눈은 수직 상승하여 “먼 하늘 구름”으로 향한다. 거기에 “한 줌 고요”가 깃들인다.

월정 시조의 화자가 정감을 추스르고 지향하는 것은 수직적 초월의 표상이다. 거기서 어조를 눅인다.

월정 시조의 이런 어조는 그의 시조 전반에 걸쳐 거의 한결같다. 이는 월정의 천성과 고급 교양 체험이 합일된 유한적정幽閑寂靜의 전통 여성상이 반영된 것이리라. "미쳐라 달쳐라"의 자유시인 허영자의 어조에 대비된다.

이 같은 월정 시조의 서정적 특질은 어떨까?

앙상한
꽃대 끝에
씨앗 한 알 설익었네

향기도
얼어붙고
호흡까지 가쁜데

눈 쌓인
고개 너머로
임자 없는 바람 인다

「겨울 들녘」이다. 을씨년스러운 "겨울 들녘"을 구상화하는 데에 앙상하고, 설익고, 얼어붙고, 가쁜 부정否定·결성缺性 개

념의 시어들을 동원했다. 여기에 '설익은 씨앗 한 알'과 "임자 없는 바람"이 가세해 있다. 겨울 들녘의 '무無로 돌아간 유有의 흔적'을 제시한 상황에 오직 동적動的으로 기척을 보이는 것이 "임자 없는 바람"이다. 고적孤寂의 정서를 극적으로 제시했다. 형태미가 안정적이다.

시조는 종장 첫째 음보의 전환과 고조高潮, 끝맺음이 중요하다. 월정은 끝맺음의 묘리妙理를 아는 시조시인이다.

붉디붉게 물들어 저렇게 의젓하려
얼마나 연단했나 지난한 긴긴 시간
애잔히
절절한 사랑
하늘빛을 닮았네

「접시꽃」 제2연이다. 접시꽃의 생태를 애잔하고 절절하다 했다. 가냘프고 연약하며, 애틋하고 애처롭다 함이다.

만사가 귀찮은 듯 늙음은 못 속인다
늘어진 저 고양이 눈치만 백 단이네
겨움을
숨기려 하듯
눈빛 저리 애잔하다

「몽당연필 같은 고양이-조석으로 만나는 고양이를 보며」 제1연이다. 고양이 눈빛도 애잔하다고 했다.

걷잡을 수 없는 세월 뉘엿뉘엿 황혼 녘에
에움길 돌아보니 애잔한 그리움들
고향 집
술 익는 소리만
멀리서 들려온다

「술 익는 겨울밤」 제2수다. 고향이 환기하는 그리움의 정서 역시 애잔하다고 했다.

시간 저편 소식들 그 모두를 간직한 채
이력처럼 삶의 흔적 고스란히 담겨 있는
고향 역
산자락 그쯤에
그림같이 앉아 있다

구구구 산비둘기 넘나드는 산비알에
아식은 소꿉친구 그 자리에 있는 듯해
적막을

달래가면서
하나 둘씩 불러본다

「추억」이다. 농경시대 한국인의 기본 정서가 여실히 녹아 있다. 그리움 말이다. 고향 역이 환기하는 여러 회상의 목록들을 되뇌어보는 시적 화자의 애절한 그리움이 실감으로 다가온다.

나른한
봄날 오후
산허리엔 아지랑이

호반에
여울지는
쓸쓸함은 사랑이다

텃밭에
봄 햇살 한 줌
해 질 녘의 그리움

「왜 이리도」다. 그리움의 정서를 유한하게 표출했다. "산허리", "호반", "텃밭"이라는 세 공간의 정경이 모두 유한하다. 분

위기가 이런 바에 여울같이 세찬 감정도 쓸쓸할 수밖에 없고, 그런 쓸쓸한 감정이 또한 사랑이 되고 만다. 월정은 시조의 끝맺음에 능란하다. 작은 텃밭의 "햇살 한 줌"을 "해 질 녘의 그리움"으로 뜻매김했다.

마른 잎 축 늘어져
숨 고르는 고요 속에

고운 꿈 맺힌 자리
그 모두를 어쩌라고

휘영청
하얀 달빛에
그리움만 낭자하다
—「상사화」 전문

내리쏟는 한낮 땡볕 감자밭 그늘에서
검불 사이 찔레 줄기 벗겨주신 어머니 손
달콤한
그 살 내음에
스르르 잠들었지
—「찔레꽃 추억」 제1연

노년기 시인들에게 클로즈업되는 것은 추억과 그리움이다. 추상追想의 시간은 아련한 영상을 떠올리게 마련이다. 그 중심에 자리하는 것이 고향, 첫사랑, 어머니 들이다. 그리움과 낭자한 상황은 대체로 모순되는데, 그리움의 강렬성을 표출하기 위한 의도적 어휘 선택인 것으로 보인다. 아닌 게 아니라 「찔레꽃 추억」에서는 "찔레 줄기 벗겨주신 어머니"가 등장한다. 추억과 그리움, 애젓한 이별과 기다림 곧 그립고 아쉬운 정은 우리 전통 정서의 핵심에 자리한다.

월정의 서정적 자아는 해거름, 저물녘, 저녁노을에 친근하다. 아울러 달밤과 달빛에 그 정감이 기울어 있다. 이는 우리 시가 전통의 박명성薄明性에 접맥되는 월정 시조의 한 특성이다. 우리 민족은 예부터 아렴풋한 경계선 이미지borderline image에 기울어 있었다. 강렬한 태양 지향의 서정 미학을 월정 시인에게 요구하는 것은 무리일 것이다.

(3) 주제 의식

앞에서 보았듯이, 월정 시조의 주제는 자연 상찬과 그리움이다. 그리움의 대상은 고향과 옛 친지, 친구, 가족, 어머니다. 고향과 어머니에 대한 그리움은 특히 애틋하다.

회오리 바람 따라
낙엽이 쓸려 간다

우듬지에 햇살 널고
가을은 저무는데

소식을
보낼 수 없어
오늘도 또 쌓인다

「가을 엽서」다. 가을 서정이 허적虛寂에 젖었는데, 주제는 그리움이다. 그 대상이 궁금하므로 독자의 마음 길이 외려 열린다. 소식을 보낼 수 없는 정황이 아픔을 불러온다. 우리 문예의 전통 정서와 주제 의식은 '보내고 그리는 정', '기차가 떠나가 버리는 마을' 모티브를 싸안는다. 결손 · 불능의 결곡한 정감이 생채기 난 아픔으로 가라앉은 것이 우리 정서의 그리움, 그 정체다. 월정의 서정적 어조는 그리움의 대상과 단절되었기에 애잦은 마음의 생채기를 잔잔한 그리움 쌓기로 변용시켜놓는다. 아픈 삶에 애면글면하기에는 월정의 인생 역정이 원숙경圓熟境을 넘어선 지 오래다.

살아생전 그리움

늙은 부모 몫이요

죽어 그 뒤 그리움은
철든 자식 몫이란다

나른히
젖어드는 세월
새새틈틈 아쉬워

「찰나의 미학」이다. 그리움은 인생의 피할 수 없는 정감적 주제임을 말하고 있다. 초장 제2음보가 조사 없이 "그리움"으로 끝난 미진성未盡性이 중장 제2음보의 "그리움은"에 이르러 해소되었다.

월정의 평정심은 본래적인 것일까? 그의 맑고 고요한 천성과 고급 교양이 서정적 어조를 눅이고 있다. 그럼에도 그의 정감의 바다에 격랑이 일 때가 있다.

주체 못 할 미세먼지
사위 온통 뿌옇다

뭉크의 절규인가
헝클어진 실타래들

밤 기차
소리쳐 울며
어디론가 내닫는다

「힘든 날」이다. 월정의 일상적 자아는 삶의 무게에 이렇게 부대끼기도 한다. "뭉크의 절규", "소리쳐 울며/ 어디론가 내닫는" "밤 기차"는 분출되는 인생고人生苦의 상관물이다. 그럼에도 월정의 서정적 자아는 이 절규의 뿌다구니들을 제어하고 평정심을 표출한다. 시적 승화다. '삶의 무게'가 주제어구다. 월정의 인간다운 면모가 엿보이는 대목이다.

놀랍게도 월정의 어조가 격해지는 것은 화자가 역사 · 사회적 주제를 가늠할 때다.

고향 모를 개망초가 내 들판을 차지하듯
잘못을 인정 않는
서슬 퍼런 망나니들

염치 다 팽개쳐 버린
막무가내 오판 사랑

어이하랴 가야 할 구만리 머나먼 길

만년 옥새 보존할
참주인은 누구일까

뽑아도 뽑아지지 않는
얽힌 이념 저 쇠사슬

「들판엔 개망초가」다. 개망초는 가칭 '망나니풀'이라 해야 맥락에 어울릴 만큼 어조가 격렬하다. 월정의 시조, 뜻밖이다. 《시경詩經》의 그 요조숙녀요, 현인賢人인 월정의 내면에는 이렇듯 추상열일秋霜烈日의 공삭은 의분이 깃들여 있었구나. 감동이다. 개망초같이 독하고 질긴 이념의 자식들을, 월정의 사회 · 역사적 자아(화자)는 매섭게 질타하고 있다.

밤낮이 뒤바뀐들
뭐가 그리 달라질까

한순간 포효하는
맹수들의 광란일 뿐

누구를
원망하리까
모두 눈먼 내 탓이지

「군중」이다. 월정의 사회 · 역사적 자아는 군중의 광기를 꿰뚫어 보고 있다. 영성靈性을 잃은 표한한 군중의 그 광란의 내면을 정확히 포착한 영적인 눈, 월정의 진면모가 여기서 확인된다. 정의正義를 독점하려는 거악巨惡의 발호와 준동을 월정의 서정적 자아가 준열히 고발한다. 그러나 어쩌랴, 종장을 보라. 그게 다 "내 탓"이라 했다. 영적 자아가 기동한 것이다.

오밀조밀 돌과 흙 손때 묻은 자리 자리
자갈밭 배추밭 머리 코끝이 싸해온다
몇 포기
남은 푸성귀
겉절이 맛 기가 차다

합심하여 선을 이룬 싱그러운 내음 속에
경건이 스며나는 침묵 속의 젊음들
천사들
천사들이 모인
하늘 아래 첫 동네

「영의 골짝 예수원」 제2, 3수다. 대천덕 신부가 기도로써 가꾼 '하늘마을'을 찬미한, 모처럼의 신앙시다. 그리스도인인 월정 이숙자 시인의 영적 고백이다. 예수원에 축복 있을지라.

임이여 품어주소서 도구로 쓰일 날
독수리 날개 치듯 그런 날 주시어서
긴하게 쓰시옵소서
세우소서 큰 그릇

「수능 앞둔 손주 보며」 제3수다. '임의 도구'로 "긴하게 쓰"이도록 올리는 간절한 기도다. 뜻대로 쓰소서.

네팔 소녀 쿠마리 신, 알람브라궁전, 포르투갈 계곡 오비두스 마을 등을 소재로 쓴 기행시조에 대한 평설은 줄인다. 지면이 찼다.

3. 맺는말

월정 이숙자의 시적 화자는 '절제된 자유'를 향유하는 시조의 어조와 서정 미학의 본질에 충실한 표출력을 견인하고 있다.

월정 시조의 소재는 자연 만상에서 취택된 것들이며, 아름다움 표상의 정점에 있는 '꽃'이 그 대종大宗이다. 고향 집 뒤란의 작은 풀꽃에서 들녘 건너 서녘 하늘에 불타는 저녁노을까지, 월정 시학의 관심은 농경시대의 서정 미학적 대상에 집 중되어 있다.

월정의 서정적 자아는 한 송이 고마리꽃에서 우주를 품어 안은 의지를 보고, 꽃무릇 하나에서 기다림의 표상과 초승달 이미지를 읽어낸다. 목련의 아련한 맵시를 찬미하고, 숫눈의 결백에 감동한다. 고요한 호수의 흰 어리연꽃과 백조 한 쌍이 빚어내는 그림 같은 정경에 그리움을 엮는다. 갖가지 꽃이 모여 핀 화단에서 가족의 단란을 생각하며, 초여름 밤 어둠 속을 건너올 샛별 같은 인연을 상기한다.

유한적정의 전통 여성상의 월정, 그의 서정적 자아는 천성적으로, 고급 교양의 징표로 시조의 어조를 평정심의 수준으로 고이 눅인다. 그는 나긋나긋한 어조를 가늠하며 자주 하늘을 본다. 격정을 곰삭이는 수직적 초월의 이런 자세도 사회·역사적 부조리 앞에서는 어조를 높이나, 이건 예외적인 한 '사건'이다. 혹 파도치고 지글대는 격렬한 상황에서 서정적 자아의 눈이 먼 하늘 구름 표상과 조우할 때, 거기에는 눅은 어조와 상념, 한 줌 고요가 깃들인다. 월정 서정시학의 기본 정서와 주제는 자연 상찬과 기다림, 그리움이다. 이는 우리 전통 시가의 G현을 흔드는 '그립고 아쉬운 정'에 접맥된다. 월정이 신생 역정의 원숙경에 든 지 오래인 것은 사회·역사적 모순 현상에 직면하여 좋이 격정을 곰삭이는 역량으로 입증된다.

역사의 벌판에서 개망초처럼 그악스레 포효하는 그릇된 이념의 광기에 대응하는 월정의 어조에도 필경 추상열일의 의

분이 깃들인다. 그도 마침내 "내 탓이오"의 자기 성찰로 귀착된다. 자연 상찬과 그리움의 서정 및 주제가 월정 시학의 알파라면, 한 성직자가 이룩한 믿음의 동산 예수원과 수능 시험을 앞둔 손주를 향한 간곡한 축도는 오메가다.

제2시조집 출간을 축하하며, 월정의 시력詩歷에 주님의 은총이 드리우기를 축원한다.